Écrivains | numéro 8

JANE AUSTEN
ET LE ROMAN DOMESTIQUE

— Entre peinture sociale
et analyse psychologique

par Julie Pihard

50MINUTES

Avec la collaboration d'Anne-Sophie Close

JANE AUSTEN

- **Naissance ?** Née le 16 décembre 1775 à Steventon (Grande-Bretagne).
- **Mort ?** Décédée le 18 juillet 1817 à Winchester (Grande-Bretagne).
- **Contexte ?** La mode est au romantisme et au gothique, dans une Angleterre qui connaît de nombreux conflits avec la France et qui guette l'arrivée imminente de la révolution industrielle et de ses bouleversements.
- **Œuvres majeures ?**
  - *Raison et Sentiments* (1811)
  - *Orgueil et Préjugés* (1813)
  - *Le Parc de Mansfield* (1814)
  - *Emma* (1815)
  - *Catherine Morland ou l'Abbaye de Northanger* (1817)
  - *Persuasion* (1818)

Jane Austen apparaît comme une femme simple, discrète et isolée, qui écrit sans aucune prétention. Ce qui ne l'empêche pas de déployer dans ses œuvres un génie descriptif et analytique sans pareil, qui ne sera reconnu qu'après sa mort et lui assurera une grande gloire posthume.

Il est possible de situer son œuvre dans la lignée des romans sentimentaux anglais de cette époque, tout comme on peut voir en elle un précurseur du roman réaliste qui explosera au siècle suivant. Mais il est encore plus vrai de dire que Jane Austen propose sa propre recette, suivant uniquement ses observations personnelles du genre humain. Se moquant des modes littéraires comme des événements de son temps, elle compose avec finesse et élégance des romans « domestiques » dans lesquels elle s'attache à faire la peinture juste et mesurée du monde de la petite noblesse terrienne dans lequel elle évolue, la *landed gentry*, en y mêlant d'extraordinaires descriptions des émotions, des sentiments et des relations humaines et sociales.

Leur sobriété, leur charme et leur esprit font de ses œuvres de véritables petites perles dans lesquelles des intrigues complexes et parfaitement ficelées hébergent de nombreux personnages décrits avec une grande justesse, et des peintures sociales qui laissent volontiers place à l'humour, voire à la satire. C'est pour toutes ces raisons que Jane Austen est, encore aujourd'hui, l'une des romancières anglaises les plus lues, non seulement en Grande-Bretagne, mais aussi partout dans le monde.

CONTEXTE

UNE PÉRIODE DE MUTATIONS ET DE TROUBLES

Jane Austen vit sous le règne (1760-1820) du roi George III (1738-1820), qui s'inscrit dans une période de grandes mutations et de nombreux troubles en Europe et dans le monde entier.

La fin du XVIIIe et le début du XIXe siècle sont marqués par plusieurs faits d'importance pour la Grande-Bretagne, tant sur le plan politique que socio-économique, qui inaugurent une ère riche en évolutions. Tout d'abord, la Grande-Bretagne perd ses colonies américaines. Dès 1763, les colons américains ripostent contre les taxes établies par le roi et le Parlement pour renflouer les caisses de l'Angleterre, vidées par la guerre Sept Ans (1756-1763) qui l'a opposée à la France. Cette révolte mène, en 1775, à la guerre de l'Indépendance américaine qui aboutit, en 1783, à la reconnaissance officielle de l'indépendance des États-Unis d'Amérique. La perte de ces colonies porte un grand coup à l'économie anglaise, mais également à la popularité du pays et à celle de George III.

Par la suite, ce dernier entre à nouveau en conflit avec la France, lors des guerres napoléoniennes (1803-1815) qui s'achèvent en 1815 avec la chute de Napoléon Ier (1769-1821) mais laissent l'Europe, et particulièrement l'Angleterre, profondément troublée et changée. En 1811, George III souffrant d'une aliénation mentale le rendant inapte à régner, son fils, le duc de Galles et futur George IV (1762-1830) devient régent. Mais le jeune prince se perd dans les excès et les dettes, et vide les caisses du pays. Néanmoins, c'est un grand mécène, et la période de sa régence (1811-1820) et de son règne (1820-1830) est caractérisée par une remarquable effervescence artistique et intellectuelle. Si Jane Austen n'apprécie guère le personnage à cause de son manque de retenue et de sa complaisance, elle lui dédicace tout de même une version de son roman *Emma*, fort apprécié par le monarque.

Outre les désordres politiques causés par les différentes guerres, celles-ci s'accompagnent d'une grande misère. Le peuple est de plus en plus taxé, l'emploi se fait rare et les révoltes sociales se multiplient. C'est aussi à cette époque que débute la révolution industrielle, avec ses nombreuses conséquences socio-économiques : création d'industries, naissance du capitalisme, apparition d'une classe ouvrière, etc. Toutefois, et bien que l'auteure fasse de cette période la toile de fond de tous ses romans, les événements majeurs, aussi bien politiques que sociaux ou économiques, affectent peu son œuvre. En réalité, les petits villages comme celui dans lequel Jane Austen passe sa vie sont isolés et éloignés des grandes villes et de leurs transformations.

LA PETITE VIE RANGÉE DE LA *GENTRY* CAMPAGNARDE

Si Jane Austen ne fait que très peu référence aux bouleversements de son temps, elle s'inspire en revanche largement de la vie de la *gentry* rurale anglaise de la fin du XVIIIe siècle. Ses activités quotidiennes, ses us et coutumes, ses joies et ses peines, ses amours et ses discordes sont en effet son matériau de base.

À l'époque de l'auteure, la hiérarchie sociale est stricte et très ancrée dans les mœurs : chacun se doit de se comporter de manière à respecter les codes de son rang et de son titre. Les membres de la noblesse campagnarde, en particulier, sont des individus cultivés et bien élevés, aisés sans forcément être fortunés – il s'agit de rentiers tirant leurs revenus de leurs terres. Ces petits nobles peuvent donc se permettre quelques loisirs, définis le plus souvent par les relations qu'ils entretiennent avec leur entourage et leur voisinage. Ensemble, ils organisent des soirées, des bals, des tournois de cartes, des dîners ou encore des parties de chasse, autant de distractions rapportées dans les œuvres d'Austen.

Mais celles-ci – et la vie elle-même de l'écrivaine – reflètent également ment le statut des femmes dans la société de l'époque. Celles qui sont issues de familles aisées sont, comme tous les autres membres de leur rang, éduquées et profondément cultivées. Elles sont d'ailleurs estimées à leur niveau « d'accomplissement » et à leur propension à pouvoir prétendre à un (bon) mariage, qui dépend de leur beauté, bien sûr, mais également de leurs talents, multiples et plus ou moins développés. Cependant, elles ne sont pas considérées par le droit anglais comme des personnes indépendantes et sont donc, durant toute leur existence, liées à un homme (un père, un époux ou un frère) qui assure leur confort matériel et leur sécurité financière. Elles sont en effet rarement héritières d'un domaine, ce privilège étant le plus souvent réservé à un frère, un cousin ou un oncle, et les métiers qui leur sont réservés sont presque inexistants, se résumant principalement aux rôles de gouvernante ou de maîtresse d'école. Pour une jeune femme de la *gentry* de l'époque, il est donc presque impossible de jouir d'un statut juridique et financier propre. Jane Austen, qui exerce l'une des seules activités compatibles avec sa condition, s'interroge beaucoup sur les questions du mariage et de la condition féminine, qui sont des thèmes récurrents de son œuvre.

BIOGRAPHIE

UNE BIOGRAPHIE BIEN MINCE

Les informations sur la vie de Jane Austen sont rares. Ayant vécu relativement retirée et isolée, elle n'a entretenu que peu de relations avec l'extérieur, et celles-ci se résument pour la plupart à des contacts avec de proches parents. De plus, une partie de sa (vaste) correspondance a été brûlée par sa sœur et confidente Cassandra Elizabeth (1773-1845). Les principaux renseignements à son sujet viennent de son frère Henry Thomas (1771-1850), qui lui a consacré une préface biographique, et de son neveu, James Edward Austen-Leigh (1798-1874), qui est quant à lui d'auteur d'une biographie complète, *Souvenirs de Jane Austen* (1870).

L'écrivaine voit le jour le 16 décembre 1775 au presbytère de Steventon, dans le Hampshire. Son père, William George Austen (1731-1805) est un pasteur anglican de condition aisée appartenant à la petite noblesse campagnarde. Il est marié à une femme de sa condition, Cassandra Leigh (1739-1827), avec laquelle il a huit enfants : James (1765-1819), George (1766-1838), Edward (1767-1852), Henry Thomas, Cassandra Elizabeth, Francis William (1774-1865), Jane et Charles John (1779-1852). Ses fils partent très tôt de la maison : James embrasse une carrière ecclésiastique, Charles et Francis entrent dans la marine, et Henry se fait banquier (il servira plus tard d'agent littéraire à Jane Austen, l'introduisant dans des cercles londoniens très fermés). Edward, quant à lui, est adopté par un cousin, tandis que George, mentalement retardé, est confié à une autre famille. Ne restent bientôt plus que les deux filles du couple.

UNE SOLIDE ÉDUCATION

Dès 1782, Cassandra et Jane Austen sont envoyées en pension (à Oxford, à Southampton et à Reading) dans le but de parfaire leur éducation, mais elles doivent rentrer chez elles dès 1786 car leurs parents ne peuvent plus assumer cette charge financière. C'est en grande partie leur père qui se charge alors de leur éducation, les dotant d'un degré d'instruction peu commun pour des filles de leur âge et de leur condition. Il pousse notamment Jane Austen à lire les auteurs de sa vaste bibliothèque personnelle tels que Samuel Richardson (1689-1761), Henry Fielding (1707-1754), Laurence Sterne (1713-1768) ou encore Walter Scott (1771-1832), ce qui ne sera pas sans incidence sur les goûts littéraires de la future auteure. Celle-ci évolue donc dans un milieu cultivé, et participe en outre régulièrement à des pièces de théâtre organisées par ses proches, qui lui permettent de développer son amour pour la comédie et la satire.

Aussi commence-t-elle à écrire très jeune : dès 1787, il semble qu'elle rassemble dans un cahier d'écriture des pièces burlesques, des poèmes et des récits épistolaires, écrits pour divertir sa famille, notamment ses neveux et nièces. 27 de ces œuvres de jeunesse, datées de 1787 à 1793, ont été regroupées et sont aujourd'hui connues sous le titre de *Juvenilia*.

JUVENILIA

Juvenilia comprend trois volumes édités en 1884. Le premier contient quinze histoires dont *La Belle Cassandra*, une œuvre parodiant les romans sentimentaux de l'époque. Le second se constitue quant à lui de neuf récits dont *Amour et Amitié*, qui se moque également des romans épistolaires et sentimentaux, particulièrement de ceux de Richardson, et *L'Histoire de l'Angleterre*, un pastiche des récits historiques alors à la mode, par exemple *Le Roman homonyme* (1771) d'Olivier Goldsmith (1728-1774). Enfin, le troisième se compose de deux œuvres, *Evelyn* et *Catharine ou la Tonnelle*. Ces histoires, souvent courtes, contiennent en germe les traits stylistiques, narratifs et thématiques qui feront par la suite le succès des romans majeurs d'Austen : peinture de la réalité, humour incisif, élégance du style, etc.

LES PREMIÈRES ÉBAUCHES

Tout en menant la vie attendue d'une jeune femme de sa condition – elle perfectionne ses talents (les langues, le piano, la danse, la couture et, évidemment, la lecture), aide à la tenue de la maison, se rend à l'église et visite des voisins – Jane Austen produit des œuvres sans cesse plus élaborées, apparemment décidée à vivre de sa plume. Ainsi, entre 1793 et 1795, elle compose un court récit épistolaire intitulé *Lady Susan*, puis tente d'écrire un roman en prose, *Elinor et Marianne*, qui constitue l'ébauche de l'un de ses plus grands succès, *Raison et Sentiments*. À cette époque, elle rencontre un homme, mais tous deux savent que le mariage est impossible faute de fortune, et leurs familles respectives les éloignent rapidement.

En 1796, Jane Austen commence *First Impressions*, le brouillon d'*Orgueil et Préjugés*, qui est refusé par un éditeur, et retravaille *Elinor et Marianne*. Elle rédige ensuite *Susan*, l'ébauche de *L'Abbaye de Northanger*, qui est acheté pour une bouchée de pain par un éditeur londonien qui finalement n'en fait rien. Entre-temps, la jeune auteure entame *The Watsons*, mais il semble que, peu après, elle cesse d'écrire pendant une dizaine d'années.

En 1801, sa famille s'installe à Bath, une ville que Jane Austen déteste. À la même époque, celle-ci accepte puis brise ses fiançailles avec un gentilhomme de la région. Quatre ans plus tard, son père décède subitement suite à une maladie, laissant sa veuve et ses deux filles non mariées dans une grande déroute financière. Les trois femmes déménagent alors à Southampton et n'entretiennent plus que de rares relations sociales, se limitant le plus souvent à la fréquentation des autres femmes de leur condition. En 1809, elles s'établissent finalement chez Edward, le frère de l'écrivaine, à Chawton. C'est à ce moment que Jane Austen commence à publier ses œuvres de manière anonyme.

LE TEMPS DU SUCCÈS

Raison et Sentiments en 1811, *Orgueil et Préjugés* en 1813, *Le Parc de Mansfield* en 1814, *Emma* en 1815 : Jane Austen enchaîne les publications. Les revenus qu'elles lui rapportent lui permettent de subvenir à ses besoins. Quelque temps après la parution d'*Emma*, elle rachète les droits de *Susan* à son éditeur d'origine, mais ne publie pas le roman tout de suite. Elle se lance également dans l'écriture d'autres textes, notamment *Persuasion* (terminé en 1816, mais qui ne paraîtra qu'après sa mort, en 1818) qui est, de loin, son roman le plus autobiographique, et *Catherine Morland ou l'Abbaye de Northanger* (1817). Durant les six mois précédant sa mort, elle entame une dernière œuvre, tout d'abord intitulée *Les Frères*, mais qui sera publiée de manière fragmentée sous le titre de *Sanditon* (1925).

N'ayant pas de cabinet à sa disposition, Jane Austen compose ses romans au beau milieu de l'activité fourmillante de la maison familiale. Elle veille de très près à ce que personne, mis à part ses proches, ne soit au courant de son activité d'écrivaine. Cela ne l'empêche pas de connaître le succès et d'être reconnue par des auteurs prestigieux tels que Samuel Coleridge (1772-1834) ou Walter Scott, qui publie une critique très élogieuse d'*Emma* dans *The Quarterly Review*. Néanmoins, il faudra attendre les années 1870 pour qu'elle soit introduite au grand public par son neveu et pour que soient publiées des biographies et des critiques à son sujet.

En dehors de quelques déménagements et de rares séjours loin de chez elle (à Londres, par exemple), Jane Austen mène une existence monotone, casanière et sans ambition, se contentant d'observer ce qui l'entoure et d'y puiser une matière illimitée pour ses romans.

UNE MORT PRÉCOCE

En 1816, il semble que l'auteure, souffrant déjà d'une forme de tuber-
culose, contracte la maladie d'Addison (certains disent qu'elle aurait
plutôt souffert de la maladie d'Hodgkin). Si elle continue dans un
premier temps à écrire et à publier ses œuvres, elle est cependant
obligée de cesser son activité littéraire début 1817. Son état s'étant
rapidement détérioré, elle part alors pour Winchester avec sa sœur
Cassandra et son frère Henry afin de s'y faire soigner. Elle y meurt
quelques mois plus tard, le 18 juillet 1817, et est enterrée dans la
cathédrale de la ville.

Après le décès de leur sœur, Cassandra et Henry s'occupent de
la double publication de *Persuasion* et de *Catherine Morland ou
l'Abbaye de Northanger*, et dévoilent, par la même occasion, le véritable nom de l'auteure. Depuis lors, les œuvres de Jane Austen sont
constamment rééditées et jouissent d'une renommée internationale.
Les adaptations, aussi bien littéraires que cinématographiques,
sont d'ailleurs pléthore, et le public comme la critique ne se lassent
pas d'admirer le travail de cette modeste bourgeoise campagnarde
qui n'a sûrement jamais imaginé qu'un jour son œuvre occuperait
une place aussi importante dans le patrimoine littéraire mondial.

CARACTÉRISTIQUES

UNE AUTEURE HORS-MODES

L'époque géorgienne connaît, sur le plan artistique, un foisonnement qui concerne tous les domaines, de la peinture à l'architecture en passant bien évidemment par la littérature. C'est en effet à cette période que se déploient les génies de Samuel Johnson (1709-1784), William Wordsworth (1770-1850), John Keats (1795-1821) et Lord Byron (1788-1824). Cette époque voit également, toujours en Angleterre, le développement de l'instruction féminine, ce qui explique certainement l'augmentation du nombre d'œuvres littéraires écrites par des femmes : citons, entre autres, Fanny Burney (1752-1840), Ann Radcliffe (1764-1823), Maria Edgeworth (1767-1849), Mary Shelley (1797-1851) et, bien sûr, Jane Austen.

À la fin du XVIIIe siècle, la mode est aux courants romantique et gothique, le premier faisant la part belle à une sensibilité exacerbée, à l'introspection et aux thèmes universels de la mort, du destin ou du mal, le second mettant en scène le sentimentalisme, le macabre et l'horreur de façon très stéréotypée. Mais, tout comme Austen ignore presque complètement le contexte historico-politique de son temps, il s'avère qu'elle ne tient pas du tout compte des modes littéraires. Plutôt que de s'inscrire dans l'une de ces deux lignées, elle s'en moque, les parodie, et crée son propre style, sa « griffe ». Elle préfigure, par son ironie, ses questionnements moraux et sa peinture authentique de la vie quotidienne, la littérature réaliste qui proliférera un siècle plus tard. Certains voient en outre en elle une symboliste – à chaque élément de ses histoires (relations sociales et familiales, événements marquants, lieux, etc.) correspondrait une signification cachée –, mais tous les spécialistes ne sont pas d'accord à ce sujet.

Toutefois, si son œuvre n'est pas guidée par les principes d'un courant en particulier, certains auteurs semblent tout de même avoir influencé l'écrivaine. Ainsi, l'œuvre de Burney lui inspire probablement ses thèmes féminins et même féministes, celle de Charlotte Lennox (1730-1804), son ton décalé, burlesque et humoristique. En outre, beaucoup considèrent que son style est particulièrement nourri par ses lectures de Johnson, qui lui aurait transmis sa sérénité et son mordant, de Fielding, de qui lui viendrait son amour de la parodie et de la satire, et enfin de Richardson, auquel les références dans l'œuvre d'Austen sont nombreuses, tant sur le plan de l'intrigue que dans les figures de séducteurs ou simplement dans les noms de personnages et de lieux.

DES THÈMES « DOMESTIQUES »

Jane Austen s'est essayée à plusieurs types de productions, mais elle est avant tout une auteure de *novels*. Il s'agit de romans de type réaliste, souvent longs et complexes, qui se distinguent des romances, récits plutôt mystérieux et imaginaires.

Au-delà de cette orientation générique, les œuvres de Jane Austen ont également pour particularité de tous se baser sur sa propre expérience et ses observations personnelles du milieu de la *landed gentry* auquel elle appartient. Elle s'attache ainsi, en premier lieu, à décrire la vie sociale de son époque. Même si ses héroïnes proviennent toujours de la noblesse campagnarde, comme elle, l'auteure n'en évoque pas moins toutes les classes et les relations qu'elles entretiennent entre elles. Elle s'intéresse aussi de près à la vie quotidienne de ses personnages, abordant parfois des détails très précis de leurs activités journalières, ce qui confère à ses œuvres une authenticité sans pareille. Ses romans, qui s'apparentent presque à des études de mœurs, ont d'ailleurs souvent été qualifiés de « domestiques » : Austen balaie le quotidien, même le plus modeste, du regard et de la plume, se focalisant sur des milieux restreints (limités à trois ou quatre familles vivant à la campagne) afin d'analyser chacun de leurs acteurs avec une grande finesse. Ses personnages sont ainsi dotés d'une vraie profondeur – la romancière est d'ailleurs passée maître dans l'art de décrire les psychologies et les sentiments.

Mais il existe dans son œuvre une certaine tension entre l'observation de la réalité et l'analyse des élans sentimentaux : d'un côté, l'auteure dépeint avec exactitude et authenticité les détails de la vie quotidienne ; de l'autre, elle analyse de manière poussée et minutieuse les interactions entre les personnages, leurs pensées et leurs incompréhensions, adoptant ainsi une approche subjective. Les héros – ou plutôt les héroïnes – occupent une place de premier choix dans cette analyse. L'auteure ne s'appuie jamais sur des stéréotypes ou des modèles préexistants pour construire ses personnages : chacun a une individualité et une histoire propres, à commencer par les jeunes femmes, généralement dotées de caractère et d'esprit, dont Jane Austen raconte la maturation. Au fur et à mesure de l'histoire, celles-ci découvrent leurs forces et leurs faiblesses au travers de leurs différentes expériences. Dans la plupart des cas, cette initiation engendre la chute de leur idéal et de leurs illusions romantiques, puis leur retour à la réalité, à l'harmonie et à la mesure.

L'écrivaine aborde par ailleurs la question de la condition féminine et de la dépendance des femmes par rapport à la gent masculine et au mariage, un thème qui lui tient particulièrement à cœur. De manière plus discrète, Austen évoque également des thématiques morales, par exemple en traitant de l'art de bien se comporter (avec amabilité, raison, retenue et honorabilité) autant qu'en exprimant des remises en question plus spécifiques et plus importantes (notamment au sujet de l'esclavage).

Un point de vue féminin

La focalisation sur la femme est encore très rare à l'époque : les artistes et les écrivains n'accordent en général qu'une place restreinte à la gent féminine, celle-ci étant considérée comme inférieure. Les romans de Jane Austen, structurés autour d'une héroïne et s'intéressant de près à sa vie et à ses sentiments, qui de plus sont écrits par une femme qui n'hésite pas à donner son point de vue sur la condition féminine, font donc figure d'exception dans le paysage littéraire du début du XIXe siècle.

UN STYLE AUTHENTIQUE, SOBRE ET SATIRIQUE

La peinture de la réalité implique un style authentique. Dans ce but, Austen découpe ses romans en scènes, comme au théâtre, et use énormément du discours direct, ponctuant ses œuvres de nombreux dialogues, ainsi que du discours indirect libre. Caractérisé par l'absence de verbe initiateur de parole (*dire*, *penser*, *parler*, *demander*, etc.) et à cheval entre style direct et style indirect, ce type de discours a été introduit dans la littérature anglaise par Fanny Burney. Il engendre une certaine vivacité et une fluidité du récit qui se marie bien à l'objectif d'Austen. Il a également pour effet de confondre les voix du narrateur et des personnages, les rapprochant par là même du lecteur.

Le ton de l'auteure est généralement léger et comique, car elle considère qu'un roman doit non seulement éduquer, mais également amuser le lecteur. En outre, son observation de la société est menée avec intelligence, détachement et sobriété : c'est une écrivaine équilibrée et mesurée qui n'aime ni le désordre ni l'exubérance. Elle opte dès lors pour une écriture à la fois élégante et précise, entre sensibilité raisonnable et finesse de la mise en valeur du détail.

Néanmoins, sa production est nuancée par un éclat de malice et d'ironie qui se retrouve dans chacun de ses romans. Jane Austen a du mordant : ses analyses psychologiques et sociales témoignent d'une grande lucidité et laissent entrevoir beaucoup d'humour ; et ses dialogues, souvent percutants, n'hésitent pas à user d'ironie. Elle se livre ainsi à une vive critique des clichés et de la médiocrité, versant régulièrement dans la satire. Elle a d'ailleurs écrit plus d'une parodie, exagérant jusqu'à tourner au ridicule les traits des littératures qu'elle juge peu instructives. Par exemple, avec *Catherine Morland ou l'Abbaye de Northanger*, elle parodie clairement les romans gothiques d'Ann Radcliffe et, très tôt déjà, dans *Amour et Amitié*, elle se moque du roman épistolaire et sentimental.

SÉLECTION D'ŒUVRES

CATHERINE MORLAND OU L'ABBAYE DE NORTHANGER

Rédigé dès 1797 sous le nom de *Susan* et vendu en 1803 à un éditeur qui ne le publiera jamais, ce roman prendra finalement le titre de *Catherine Morland ou l'Abbaye de Northanger*. L'auteure en rachète les droits en 1816, mais l'œuvre ne paraît finalement qu'en 1818, de manière posthume, en même temps que *Persuasion*, sous l'impulsion de Henry et de Cassandra Austen. En préface de l'ouvrage, le premier rédige une *Note biographique* qui est, encore à ce jour, l'une des rares sources que l'on ait à propos de la vie de Jane Austen. C'est également dans cette notice qu'il révèle le véritable nom de l'auteure. L'œuvre ne sera traduite en français qu'en 1824.

Dans ce roman, l'intrigue tourne autour de Catherine Morland, une jeune femme pure et naïve, grande amatrice de romans gothiques (notamment ceux d'Ann Radcliffe). Au fur et à mesure de ses lectures, elle s'enfonce dans l'illusion au point de confondre la fiction avec la réalité. Alors qu'elle passe quelques jours chez le père de son bien-aimé, Henry, elle soupçonne son hôte d'être coupable d'horribles crimes et finit par être chassée. Heureusement, Henry s'aperçoit que quelque chose ne va pas et la ramène sur la voie de la réalité. Elle est alors pardonnée, réhabilitée au sein de la maison et se fiance finalement à Henry.

Catherine Morland, bien que paru de manière tardive, est bien loin derrière des œuvres telles qu'*Emma*. Ébauché très tôt et à peine retravaillé, il n'a pas la même profondeur que les autres romans de Jane Austen : les personnages sont moins recherchés et l'analyse de leur psychologie est beaucoup moins poussée. Catherine est une héroïne bonne et droite, mais c'est sa crédulité et son ignorance qui sont principalement mises en avant, ce qui fait d'elle un personnage faible dont le point de vue ne suffit pas à soutenir un roman entier.

C'est entre autres pour cela qu'Austen, ici, use moins du discours indirect libre que du style direct. Mais ce choix est également dû au fait que, jeune romancière lorsqu'elle commence l'ouvrage, elle est toujours en quête de sa griffe. Son immaturité littéraire se ressent également dans l'excessivité dont elle fait preuve dans sa critique des passions romantiques et dans celle, parodique, des romans gothiques. Jane Austen use en effet sans limite de ses dons pour l'ironie et la parodie. Elle se moque des conventions gothiques comme elle a pu le faire avec les mélodrames et en profite pour doter son œuvre d'une morale explicite. Les sentiments exacerbés développés dans ce type de roman exaspèrent particulièrement la jeune écrivaine, modèle de bon sens et de sérénité. Sa plume se fait donc sarcastique et moins fine qu'auparavant, ce qui la fait perdre en équilibre.

RAISON ET SENTIMENTS

Sense and Sensibility est écrit, ou plutôt ébauché, en 1797 sous le titre *Elinor et Marianne* (qui était certainement un roman épistolaire), puis retravaillé après 1809 en vue d'une publication. Celle-ci a lieu sous le couvert de l'anonymat, en 1811, et le roman est traduit en français dès 1815 sous le titre *Raison et Sentiments*.

Il met en scène deux héroïnes antithétiques : Elinor, une jeune femme intelligente, véritable modèle de patience, de maîtrise de soi et de rete-nue, et sa sœur Marianne, une romantique inconvenante dotée d'une grande sensibilité. Tandis que la première cache ses sentiments pour Edward Ferras, la seconde s'affiche impunément avec John Willoughby, un jeune séducteur sans morale. Elles expérimentent ensemble leurs premiers émois amoureux, lorsqu'elles apprennent les fiançailles de leurs aimés avec d'autres. Marianne sombre alors dans le chagrin et tombe malade. Heureusement, elle finit par épouser un prétendant honnête qui la courtise depuis longtemps. Elinor, quant à elle, reste digne et se voit finalement demander sa main par Edward qui, déshérité, a été repoussé par une fiancée qu'il n'aimait plus.

HAMMOND (Chris), *Marianne en proie à une violente affliction*, illustration pour l'édition de *Raison et Sentiments* chez George Allen, Londres, 1899.

Outre les thèmes récurrents du mariage et de la dépendance de la femme à l'homme d'un point de vue financier (les sœurs ainsi que leur mère sont déshéritées à la mort du père), le sujet majeur de ce roman est évoqué dans le titre : que privilégier, la raison ou les sentiments ? Cette œuvre est clairement éducative : l'auteure tente de démontrer, en argumentant de manière raisonnée, qu'il n'est pas sain de se complaire dans les illusions romantiques et la sensibilité, qui représentent un danger (illustré notamment par la maladie de Marianne), et qu'il vaut mieux garder les pieds sur terre. L'histoire montre alors l'évolution et la prise de conscience de l'une des deux héroïnes qui, au départ passionnée et excessive, se rend compte que son bonheur ne peut passer que par le retour à la raison. Toutefois, malgré son caractère moraliste, le récit reste agréable et plaisant grâce à ses personnages, réalistes et convaincants, son style, subtil et élégant, et son ton, ironique et mordant. C'est ainsi que Jane Austen atteint un profond équilibre, et met en œuvre un de ses adages, qui veut que la littérature n'ait pas pour seul but l'instruction mais aussi le divertissement.

Par ailleurs, à travers la figure de Marianne, notamment, Austen se livre à une violente satire du roman sentimental et des idéologies romantiques, en dénonçant presque ouvertement les clichés du premier (sentimentalisme, destins mélodramatiques, personnages mystérieux et secrets, amoureux transis, etc.) et les excès des secondes (passions dévorantes, grands idéaux, sensibilité exacerbée, violence des sentiments, personnages exubérants et tourmentés, etc.).

ORGUEIL ET PRÉJUGÉS

Jane Austen commence *Pride and Prejudice* dès 1796 sous le titre *First Impressions*, mais le roman est refusé l'année suivante par une maison d'édition. Elle l'abandonne alors pour un temps et ne le retravaille que peu avant sa publication, en 1813, de nouveau de manière anonyme. Il est traduit la même année et est, aujourd'hui encore, une de ses œuvres les plus populaires.

Dans le Hertfordshire, l'exubérante Mrs Bennet est bien décidée à marier ses cinq filles. Charles Bingley, un jeune homme riche et séduisant, vient de louer une propriété voisine et est vite considéré comme un parti idéal. S'il tombe rapidement amoureux de l'aînée des filles Bennet, Jane, ses sœurs et son bon ami Fitzwilliam Darcy le découragent et l'éloignent de celle-ci. Toutefois, entre-temps, Darcy s'est lui-même épris de la cadette, Elizabeth Bennet, une jeune fille vive au caractère mordant. Il finit par la demander en mariage mais, devant l'orgueil dont il fait preuve, Elizabeth refuse. Il prouvera plus tard qu'il a changé en sauvant l'honneur de la famille, et Elizabeth finira par accepter de l'épouser, tout comme Jane acceptera la demande de Bingley, venu pour la retrouver.

Il s'agit de l'un des rares romans de Jane Austen qui ne se finisse pas sur la déception et la désillusion de l'héroïne. Elizabeth, fine d'esprit et dotée d'un certain sens de l'ironie, fait d'ailleurs penser à l'auteure elle-même. Dans ce roman, ce n'est, encore une fois, pas l'enchaînement des événements qui importe, mais plutôt l'analyse des caractères, des émotions et des relations. La satire et l'ironie permettent à Austen de mettre en avant les vicissitudes et les défauts de chacun tout en faisant preuve d'indulgence.

Aussi, une fois de plus, la sobriété de sa plume et le réalisme de sa peinture, non seulement des sentiments mais aussi du quotidien de la *gentry* rurale de l'époque, sont-ils remarquables. Elle décrit avec subtilité le cadre de vie de la petite noblesse anglaise de cette fin de siècle, pleine de rites, de coutumes et d'habitudes sur lesquels elle porte un regard acéré et critique. L'intrigue tourne principalement autour du mariage et de l'argent (à nouveau, un problème d'héritage vient ternir l'avenir des sœurs Bennet). L'amour par intérêt est ici dénoncé par l'auteure, qui porte un regard définitivement féminin et féministe sur cette tradition. Elle s'interroge également, à travers la figure d'Elizabeth, sur la légitimité des libres penseurs et des « rebelles » dans un monde tissé de conventions et de préjugés.

Pour satisfaire cette intrigue avant tout psychologique, il fallait que le traitement des personnages soit exceptionnel. C'est ainsi qu'à côté de la délicatesse et de la force d'esprit des quatre protagonistes principaux, le lecteur se retrouve face à une multitude de personnages secondaires croqués à la fois avec rapidité et justesse. Les personnages comiques (le pasteur Collins ou Mrs Bennet), notamment, sont inoubliables par leur simplicité et leur exubérance.

EMMA

Emma est une œuvre plus tardive. Écrite à partir de 1814, elle est publiée en 1815, toujours de manière anonyme, avant d'être traduite en français l'année suivante. Cet ouvrage est considéré comme le chef-d'œuvre de l'auteur, un titre qu'il se dispute parfois avec *Orgueil et Préjugés*.

Emma, une jeune bourgeoise aisée et vaniteuse, vit seule avec son père malade, Mr Woodhouse. En tant que maîtresse de maison, elle a des responsabilités, qu'elle prend un peu trop à cœur. Elle commence en effet à s'immiscer sans aucune gêne dans la vie privée de son entourage, persuadée que ses manipulations conduiront ses proches à une existence heureuse. Elle tente notamment de marier l'une de ses compagnes infortunée, Harriet, à un pasteur, jugeant que l'homme dont elle est amoureuse n'est pas digne d'elle. Mais son orgueil la mène au désastre et elle enchaîne les erreurs de jugement. D'autre part, elle tombe elle-même sous le charme d'un séducteur et connaît une grosse déception amoureuse. Elle finit par se marier avec l'homme qu'Harriet convoitait, tandis que cette dernière fait elle aussi un beau mariage.

Hammond (Chris), *Emma dirigeant l'amour*, illustration pour l'édition d'*Emma* chez George Allen, Londres, 1898.

Ce roman est celui de la maturité pour Jane Austen, et représente l'aboutissement de son art à tous points de vue. Il est, tout d'abord, extrêmement bien construit. L'intrigue est complexe et bien nouée, évoquant par certains aspects le roman policier : des indices sont disséminés dans toute l'œuvre, le dénouement est étonnant et le suspense au rendez-vous. Mais la maturité de Jane Austen s'exprime également sur le fond de l'ouvrage. Proposant de nou-veau un roman de mœurs, son art de décrire le quotidien est ici poussé à son paroxysme. La petite noblesse provinciale de l'époque, ses préoccupations et ses loisirs sont dépeints avec encore plus de minutie, d'humour et d'authenticité que dans ses œuvres précédentes. Si bien que Walter Scott voit dans cet ouvrage l'émergence d'un nouveau genre qui tend vers davantage de réalisme et ne considère aucun sujet comme trop modeste ou trop banal. En d'autres termes, *Emma* n'est rien moins que la préfiguration du roman réaliste tel qu'il se développera au XIXe siècle.

L'analyse pointue des sentiments est, elle aussi, remarquable. Le portrait d'Emma est criant de justesse : son orgueil et sa vanité concurrencent son grand cœur et participent à son aveuglement, auquel les lecteurs assistent, impuissants et tout aussi aveugles. L'emploi majoritaire du discours indirect libre nous met en effet presque à la place de l'héroïne : nous découvrons et ressentons les choses en même temps qu'elle, et c'est ce qui fait l'une des grandes forces de ce livre. Mais en réalité, si Austen tient autant à nous montrer le monde du point de vue d'Emma, c'est pour que nous tirions nous-mêmes des leçons de ses erreurs. Tout comme la jeune femme, nous sommes nous aussi susceptibles de mal interpréter les choses, de juger prématurément ou de faire preuve d'orgueil, au risque de passer à côté de notre bonheur. Ce roman cherche donc à amener les lecteurs à une véritable prise de conscience.

JANE AUSTEN, UNE SOURCE D'INSPIRATION

Au XIXᵉ siècle, les œuvres de Jane Austen se font discrètes. Même s'ils sont accueillis positivement par une certaine élite littéraire ainsi que par des écrivains de renom tels que Walter Scott, George Eliot (1819-1880) ou Henry James (1843-1916), et appréciés par des personnalités notables de l'époque, ses romans ne correspondent pas aux attentes et aux modes du temps, qui est davantage tourné vers le courant romantique. Les sœurs Brontë, Charlotte (1816-1855), Emily (1818-1848) et Anne (1820-1849), notamment, leur réservent un accueil glacial, leur reprochant leur manque de passion et leur ton mesuré.

Néanmoins, la publication des *Souvenirs de Jane Austen* par son neveu à la fin du siècle ouvre à l'auteure les portes du grand public et est à l'origine d'un regain d'intérêt pour ses ouvrages. Ainsi, au XXᵉ siècle, les études à leur sujet se multiplient, hissant Jane Austen au rang des écrivains incontournables de l'histoire littéraire anglo-saxonne. Son génie s'impose alors – davantage dans le monde anglophone que francophone au départ –, jusqu'à faire d'elle l'un des auteurs anglais les plus lus et les plus traduits au monde. L'engouement est tel qu'un substantif est même créé pour désigner les fervents admirateurs de Jane Austen et de son œuvre, les « Janeites ».

Par ailleurs, celle qui initia le roman domestique et dont l'œuvre préfigure en quelque sorte le roman réaliste du XIXᵉ siècle a inspiré des auteurs aussi illustres que Thomas Love Peacock (1785-1866), Charles Dickens (1812-1870), Rudyard Kipling (1865-1936) ou encore Virginia Woolf (1882-1941). Ses œuvres ont également fait l'objet de nombreuses adaptations littéraires – *Le Journal de Bridget Jones*

(1996) d'Helen Fielding (née en 1958) –, suites ou hommages – *La mort s'invite à Pemberley* (2011) de Phyllis Dorothy James (1920-2014). Mais loin de se limiter au domaine de la littérature, le phénomène d'adaptation touche aussi le petit et le grand écran. On peut notamment citer le célèbre téléfilm *Orgueil et Préjugés* (1995) de Simon Langton (né en 1941) ou encore *Mansfield Park* (1986) de David Giles (1926-2010). Aussi tous les romans de Jane Austen ont-ils fait l'objet d'au moins une adaptation cinématographique, les plus notables étant *Orgueil et Préjugés* (2005) de Joe Wright (né en 1972), *Emma, l'entremetteuse* (1997) de Douglas McGrath (né en 1958) et *Raison et Sentiments* (1995) d'Ang Lee (né en 1954). Enfin, la vie de Jane Austen elle-même a inspiré de nombreuses créations littéraires et cinématographiques, notamment le récent long métrage *Becoming Jane* (2007), une biographie romancée de Julian Jarrold (né en 1960).

Ainsi, en bientôt deux siècles, d'écrivain discrète et modeste, Jane Austen est passée au rang de figure emblématique de la littérature, érigée en déesse d'un véritable culte que les Janeites ne sont pas prêts d'arrêter de lui porter...

EN RÉSUMÉ

- Femme modeste et discrète, Jane Austen n'a jamais cherché la reconnaissance qu'elle a acquis de manière posthume. La plupart de ses ouvrages ont en effet été publiés de manière anonyme. Vieille fille et orpheline de père, elle vit entourée par ses proches parents une existence paisible et sans remous.

- Sa connaissance du monde extérieur étant limitée, elle trouve ses sujets de prédilection dans le milieu de la *gentry* campagnarde dans lequel elle évolue, mais aussi dans l'observation et l'analyse des sentiments et des relations humaines, dans laquelle elle est passée maître.

- Elle use pour ce faire d'une écriture réaliste et authentique qui est souvent saluée, et écrit dans un style sobre, élégant et équilibré (spécialement dans ses œuvres de maturité). Elle affectionne particulièrement le discours indirect libre, dont elle use pour confondre les paroles de ses narrateurs avec celles de ses héroïnes, et ainsi rapprocher les lecteurs de ces dernières.

- C'est que le but principal de la plupart de ses romans est l'éducation : prenant le parti de la raison, opposé à celui des sentiments, elle tente de prouver à son public que l'excès de passion ne mène pas plus au bonheur que le culte du bon sens.

- Cela ne l'empêche cependant pas d'employer un ton ironique, satirique et mordant : ses œuvres, au-delà de l'instruction, visent également le divertissement.

- Si la critique a quelque peu ignoré Jane Austen durant les trois premiers quarts du XIXe siècle, c'est parce qu'elle était en avance sur son temps : préfiguratrice du roman domestique et du récit réaliste, elle remet également en question la condition féminine précaire de son époque. Son génie s'impose néanmoins dès le XXe siècle, la hissant dans les plus hautes sphères de la littérature anglo-saxonne, et faisant d'elle l'un des auteurs anglais les plus lus, traduits et adaptés dans le monde entier.

POUR ALLER PLUS LOIN

SOURCES BIBLIOGRAPHIQUES

- ALBERT (Edward), *History of English Literature*, Londres, Harrap, 1979.
- AUSTEN (Jane), *Emma*, Paris, 10/18, 1996.
- AUSTEN (Jane), *L'Abbaye de Northanger*, Paris, 10/18, 2000.
- AUSTEN (Jane), *Orgueil et Préjugés*, Paris, 10/18, 1996.
- AUSTEN (Jane), *Persuasion*, Paris, 10/18, 2012.
- AUSTEN (Jane), *Raison et Sentiments*, Paris, 10/18, 2012.
- BEER (Gillian), « Les Victoriennes », in *Magazine littéraire*, n° 177 « Les romancières anglaises », Paris, 1981, p. 13-17.
- BROWNING (D.C.) (dir.), *Dictionary of Literary Biography. English and American*, Londres/New York, J.-M. Dent & Sons/E.P. Dutton & Co, 1969.
- CECIL (David), *Un portrait de Jane Austen*, Paris, Payot, 2009.
- CLARAC (Pierre) (dir.), *Dictionnaire universel des lettres*, Paris, Société d'édition de dictionnaires et encyclopédies, 1961.
- COLLECTIF, *Encyclopédie de la littérature*, Paris, Librairie générale française, 2003 (articles « Austen », « Gothique » et « Roman »).
- COUSTILLAS (Pierre), PETIT (Jean-Pierre) et RAIMOND (Jean), *Le Roman anglais au XIXe siècle*, Paris, PUF, 1978.
- DRABBLE (Margaret) et STRINGER (Jenny) (dir.), *The Concise Oxford Companion to English Literature*, Oxford, Oxford University Press, 2007.
- EAGLE (David), *The Concise Oxford Dictionary of English Literature*, Oxford, Oxford University Press, 1970.
- FORD (Boris) (dir.), *The New Pelican Guide to English Literature*, tome 5 « From Blake to Byron », Harmonsworth, Penguin Books, 1982.

- GILLIE (Christopher), *A Preface to Jane Austen*, Londres, Longman, 1974.
- HARDY (Barbara), *A Reading of Jane Austen*, Londres, Peter Owen, 1975.
- HARVAY (Paul, Sir) (dir.), *The Oxford Companion to English Literature*, Oxford, Clarendon Press, 1967.
- JACK (Ian), *English Literature. 1815-1832*, Oxford, Clarendon Press, 1963.
- LAFFONT (Robert) et BOMPIANI (Valentino) (dir.), *Le Nouveau Dictionnaire des auteurs de tous les temps et de tous les pays*, Paris, Laffont, 1994, volume 1 (article « Austen »).
- LAFFONT (Robert) et BOMPIANI (Valentino) (dir.), *Le Nouveau Dictionnaire des œuvres de tous les temps et de tous les pays*, Paris, Laffont, 1994, volume 1 (article « *Catherine Morland* »), volume 2 (article « *Emma* »), volume 4 (articles « *Mansfield Park* » et « *Orgueil et Préjugés* ») et volume 5 (article « *Persuasion* »).
- LE FAYE (Deirdre), *Jane Austen: the World of Her Novels*, Londres, Frances Lincoln, 2003.
- MINOIS (Georges), *L'Angleterre géorgienne*, Paris, PUF, 1998.
- PINION (F.B.), *A Jane Austen Companion*, London/Basingstoke, MacMillan Press, 1973.
- PIRIE (David) (dir.), *The Romantic Period*, Londres, Pinguin Books, 1994.
- RICHARDSON (Albert Edward), *Georgian England*, Lindley, Jeremy Mills Publishing, 2008.
- STOKES (Myra), *The Language of Jane Austen*, Houndmills/London, MacMillan, 1991.
- TEYSSANDIER (Hubert), *Les Formes de la création romanesque à l'époque de Walter Scott et de Jane Austen (1814-1820)*, Paris, Didier, 1977.
- TODD (Janet M.), *Jane Austen in Context*, Cambridge, Cambridge University Press, 2005.
- VAN TIEGHEM (Philippe) (dir.), *Dictionnaire des littératures*, Paris, PUF, 1968, tome 1 (articles « Austen » et « *Orgueil et Préjugés* »).

- WRIGHT (Andrew H.), *Jane Austen's Novels. A Study in Structure*, Harmondsworth, Penguin Books, 1972.

SOURCES COMPLÉMENTAIRES

- *The Real Jane Austen*, documentaire de Nicky Pattison, Angleterre, 2002.
- Visite de la maison de Jane Austen, http://www.jane-austens-house-museum.org.uk/
- Site du *Centre Jane Austen*, http://www.janeausten.co.uk/
- Site de la *Société Jane Austen*, http://www.janeaustensoci.freeuk.com/

SOURCES ICONOGRAPHIQUES

- HAMMOND (Chris), *Emma dirigeant l'amour*, illustration pour l'édition d'*Emma* chez George Allen, Londres, 1898. La photo reproduite est réputée libre de droits.
- HAMMOND (Chris), *Marianne en proie à une violente affliction*, illustration pour l'édition de *Raison et Sentiments* chez George Allen, Londres, 1899. La photo reproduite est réputée libre de droits.
- *Portrait posthume de Jane Austen*, in AUSTEN-LEIGH (James Edward), *Souvenirs de Jane Austen*, 1870. La photo reproduite est réputée libre de droits.

www.50minutes.com

Éditeur responsable : Lemaitre Publishing
Rue Lemaitre 6 | BE-5000 Namur
info@lemaitre-editions.com

ISBN ebook : 978-2-8062-6288-2
ISBN papier : 978-2-8062-6289-9
Dépôt légal : D/2015/12603/75
Photo de couverture : © Portrait posthume de Jane Austen (1870).

Conception numérique : Primento,
le partenaire numérique des éditeurs